붉은 버릇

붉은 버릇

시산맥 기획시선 052

초판 1쇄 발행 ∣ 2017년 7월 10일

지 은 이 ∣ 정안나
펴 낸 이 ∣ 문정영
펴 낸 곳 ∣ 시산맥사
편집주간 ∣ 김광기
편집위원 ∣ 안차애 전해수 정재분
등록번호 ∣ 제300-2013-12호
등록일자 ∣ 2009년 4월 15일
주　　소 ∣ 03131 서울특별시 종로구 율곡로 6길 36,
　　　　　월드오피스텔 1102호
전　　화 ∣ 02-764-8722, 010-8894-8722
전자우편 ∣ poemmtss@hanmail.net
시산맥카페 ∣ http://cafe.daum.net/poemmtss

ISBN 978-89-98133-86-3 03810

값 9,000원

붉은 버릇

정안나 시집

나는 초대하지 않은 울음이고
너는 기다리는 웃음인 곳

2017년 7월
정안나

■ 차 례

4부

1부

희생양

양이라는 자리에 놓여진다
넌 어린 양이다
어떤 일이 일어나도
말뚝에게만 곁을 내어주는 양
말뚝이 될 때까지

양 잡아서 묶어라
가지런한 다리 덮어라
희망이 휩쓸러 올 때까지

괜찮아
가만히 있어야 초원이지
가만히 있는 목장이고
푸른 들판에 사는 창조의 날이지

목이라는 좌표
숨이라는 좌표에
양 떼를 가둔 안개 속이다
안개 속인 줄 모르는 빗속이다
망나니가 지나가는 걸 놓치고

〈

유럽풍의 초원 아래 눈물이 흘러간다

더 잃을 것이 없는 악몽이 일어난다

낯선 온기

마을버스에서 출렁 출렁 붙어 앉았다 그가 내린 자리
내 옆구리에 필사적인 온기로 남아
부분으로 전체를 묻는 자리

내 등을 내가 안은 듯 서정적으로
갈비뼈 안의 내장을 만지고
얼굴도 영혼의 크기도 모르면서
은신처에서 온도를 바꿔가며 웅크려

매화나무에 흘러들었다 가버린
매화가지의 봉오리처럼
그런 식으로 남아 있는 온기의 자리다
가두어 찾는 것도
지친 소리가 들려오는 것도 아닌
문득이다

버스는 고단한 옆구리를 열어
그의 알리바이를 자꾸 흘려버리고

데운 우유를 비우고 난 후의 거품은

18

사그라지면서 고이는 내 안의 그늘

옆구리와 옆구리가 흐르는 곳에 사는
온기 쪽으로 한쪽 팔이 길어진다
온기에는 천성적인 서정의 물기가 산다

가면은 여자의 것

*영화를 보기 전에 먼저 몸 풀기를 시작하겠습니다/
왼쪽으로 오른쪽으로/빠르게 더 빠르게/
움직임이 불편하시다구요/거기 D14번에 앉은 여성분/
프리모션 브라가 필요하겠네요/프리는 여자 것/

언제부터 남자는 망설이다 즐기며 여자를 간섭했나
여자를 팔기 위해 춤추기 시작했나

언제부터 여자는 얼굴 위에 얼굴을 쓰고
여자 위에 여자를 쓰고 오른쪽 왼쪽
들썩들썩 따라가게 되었나

삼백육십오일 고립되어
씨앗과 열매를 이어왔다
소외된 얼굴 위에 위악의 얼굴을 쓰고
경계를 허물어 그를 먹여 살렸다

주술사이면 짐승
신이면 왕을 감춘 프리는
체면을 쓰고 표정은 감추고

〈

얼굴 위의 얼굴을 망설이고
여자 위의 여자를 즐기며
덩실덩실 춤을 끄집어낸다

절정의 축제는 끝나
여자를 벗고 프리를 벗어도
표정은 끝까지 붙어 있을 것
춤은 하늘을 찌를 것

브라는 가면이다
가면 쓴 여성주의자라고 말하는 프리다

*브래지어 선전

21

식탁이 있는 정물

사과를 베어 물고 그는
사과를 빤히 보다 그는
와락 당기면 여자는

몇 조각 인형이 쓰러진다
인형을 다듬어 다리에 앉혀
머리를 쓰다듬고 눈을 감겼다 뜨게 해
잉여인간이 되고 싶은 것 아니지
가까이 와야지 사과 몇 조각이라도 주지
사과는 썩어도 매력적이고
여자는 버려야 매혹적이지

눈을 질끈 감아야 먹는다
어제의 기억이 배꼽자리에 있다
배꼽이 있어 사과가 있어
사탕처럼 조각내고 또 조각낸다
사과를 빨아먹는
세상이 다 조용하다

어제보다 오늘 더 조용하다

멈추고 싶을 때마다
어버이날도 있고 스승의 날도 있어
없는 날이 없다

눈을 질끈 감아야 산다

사과를 먹지 않기로 한 여자
몇 조각의 그는
몇 조각인지 모르는 그는
어버이날에 묶어둔다

사과를 못 먹는 여자
잉어인간이 되기로 한다

겨울우산

비 오는 날은 팔이 생겨나
제 삼의 팔은 팔을 들어
정장 입은 비를 번쩍 들어 올리고

겨울을 밀어 올리는 팔
연애소설을 시작하는 이들에게
겨울은 필수의 팔이야
이 빗속을 걸어갈까요 말없이 둘이서 갈까요
이 노래는 겨울이었을까

하루하루 서는 난전으로 비가 내려
찢어진 팔을 드는 이
부서진 팔을 드는 이
제자리걸음하는 장사와 싸워
무지개의 팔이 필요해

팔부터 찢어지는 경험으로
일어나는 나무
나무를 열고 빠져나갈 것은 빠져나가고
천둥번개에 고양이의 눈을 찾는 팔들

〈
둘이 셋의 팔에 뛰어드는
고전적인 낭만은 사라져
하나만 받아 적고
혼잣말을 쓰고 걸어갈 뿐
자신에게 깊숙이 안을 뿐

제자리를 찾다
제자리에서 복도를 들어 올리는 팔
비에서 벗어나
비에서 벗어나려 쉬쉬하는 자세야

우리는 어디서 와서 어디로 가는가

꽃은 못 피우고 꽃으로 사는 여자
양손으로 꽃인 여자
물 흐르는 소리 따라
손님이 오는지 가는지
부딪치는 생각에서 돌아앉는다
여자에게 부채질하는 여자

목을 감아 오르는
머리카락인지 능구렁이인지
탈출한 남자를 보내고 한 구비
주먹의 여자를 보내고 한 구비
보낸 곳에서 돌아보다
한가지의 꽃으로
뭉툭한 수술이다
뭉툭한 암술이다

볕이 익어가며 꽃잎이 휘날려
부레옥잠은 꽃을 매달고
배는 배의 뒤꽁무니를 매달고
서로에게 퍼붓는 수상시장

소음과 연기를 헤치고
*우리는 어디서 와서 어디로 가는가

나를 지나쳐 먼 곳으로 앞서간다
어떤 편견은 지나가고
어떤 편견은 매달고
고갱의 옷을 파는 게이연인
종을 울리는 연인

*폴 고갱의 작품

좌판

옥수수와 사마귀 사이를 바라본다
옥수수 알갱이인가
사마귀를 입가에 묻히고 옥수수 판다
어제의 옥수수 아니냐면
앉은자리에서 쫓아낸다

옥수수 사가세요

옥수수 알갱이와 사마귀 사이에서
인도와 차도를 흔드는 소리
노란 차선 물고 생목이다

아들은 버스에 보내고
한번 앓은 종교는 이겨내
옥수수에 눈 맞추는
진입금지 표지판보다 카랑카랑하다

좌판과 나 사이에
총을 들이밀다 제발 부탁하다
보내지도 이겨내지도 못한 아침

〈
옥수수가 사라지는 자리다
옥수수와 사마귀 사이를 들이미는 좌판이다
오는 대로 가는 대로 버스를 보내는 날이다

백민들레의 시간

배추흰나비가 쏟아지는 봄날
숨은 햇살을 쫓아가는 백민들레
햇살의 입구를 들어 올리고 있네
반쯤 넋 놓고 있는 마을을 지키고 있네

물밥을 입에 문 백발할미
쪼글쪼글한 욕하며 쫓아오는 길

민들레홀씨 우리 집의 어둠에 재우네
한 달 두 달 식탁을 밀어 올려
꽃무늬 식탁보를 밟고
꽃이 피는 소리
호로라기 소리도 없이 찾아온 뻥튀기는 소리
식탁을 찢고 마음 미치는 곳마다 채워 가

잊었을 오매불망 기다리고
터무니없이 부풀었을지도 모를
한바탕의 밤을 지난
마을 입구
높은 건 높아서 고개 숙이고

낮은 건 낮아서 허리 끊어지려는 백민들레
낮달 아래의 햇살을 놓지 않으려
물밥 말아먹는 것도 잊고

마을을 지키는 백발할미
쪼글쪼글한 지팡이 들고 쫓아오네
역사책 모서리에 평생의
염원도 이름도 묻혀서 가는 길

마네킹을 입는다

*바깥출입을 잘하지 않는 모로코 남부지방여자들
 테라스에 색색의 빨래를 널어 이웃과 속마음을 털
어 놓는다네
 남자는 손짓발짓하다 퉁퉁 부은 빨래를 모르고
 새는 지저귀지 않는 테라스에서

〈야시〉옷가게가 있다
치마 속 이야기를 털어놓아 봐
마네킹은 이웃으로
이웃 이상의 종교적인 말을 건다
치장한 속옷을 토해놓고
슬픈 다리의 속옷을 벗어 걸고
벌건 카디건 마네킹의 치마를 입는 여자
뜨거운 차보다 진한 말은 택하는 것이 아니라서
어디선가 흘러나와 마른다
자신의 말을 잃지 않으려
말도 안 되는 말을 주고받는 여자
색색의 창문과 테라스에 새가 날아드는 것이다

절대적인 빛으로 찬란한 쇼윈도의 밤

〈
몸 몇 개 떼어주고 꼬리는 숨긴 마네킹이다
목 없는 부처처럼
성모마리아는 거리의 어둠으로 돌아앉아 다리가 없다
오늘도 마지막 속옷이 가장 슬픈 색이었다는
한쪽으로 바닥이 질겨진 속옷을 말린다
떨어져 앉아 새를 키운다

*미셸 투르니에 〈외면일기〉 중에서

도깨비를 대하는 예의

10문반의 고무신을 신는 당신
어제는 분홍빛으로 화장한 러시아인형 같았습니다
오늘은 꽃신 신은 채 화장했습니다
눈물이 사라지며 자라는 당신은 화장했습니다

어둠을 꾸미는
화장이라 화장인 것이라
화장다운 것

당신을 골짜기에 버리고 달아나면서
도깨비바늘이 묻혀오는 줄 몰랐습니다
멀리서부터 뿌리내리고 싶어
머리에 손톱 밑에 따라오는

10문반의 꽃신은
골짜기에 버리고 와야 합니다
작아지고 더 작아져 사라져버려야 합니다
러시아인형의 폭력으로부터 지쳐가야 합니다

여전히 유유자적 자유로워

제멋대로라서
10문반의 고무신
뒤로 옆으로 돌아오는

내 안의 당신 도깨비
지구에는 똑같은 당신이 세 명은 있다고 합니다
이곳에는 똑같은 당신이 자주 있습니다
차곡차곡 마트로시카 안에 들어갈 때까지
놀람도 없이 불쑥불쑥 봅니다

공은 콩이다

콩막걸리에서
콩알은 펄쩍펄쩍 뛰면서 공이 된다
건강을 위하는 비치볼이야 외친다
1.01프로 들어가도
이름을 부르면 주목하고
감각적으로 짙어

잭의 젖소는 콩이 되고 콩나무는 하늘로 올라가야지
공은 밀어 넣을수록 휘파람 불지

재활용쓰레기 버리고 돌아선다
탄식하는 경비아저씨가 집어 올리는 생리대다
뒷모습만 보이고 돌아서는 내 공이다
콩알만큼 들어 있어
나인가 더듬어보는 나는
부풀어 올라 공의 주민이 되었다
펄쩍펄쩍 뛰면서 내가 되고

잭의 콩나무는 도깨비가 되어 뛰어다녀야지

〈
공에서 바람이라는 환상을 빼면 남는 건 무엇일까

콩은 나이고 생리대라 해도 문제없어
콩은 콩콩 뛰면서 공으로 문제없어
우리는 모자 쓴 공을 향해 경례한다
공이 데려가는 환상으로
이해는 잠재적인 오해가 가해져 편안해

잭의 젖소는 성이 되어 행복하게 오래오래 살았더
란다

당신은 고등어인가

섬긴다고 노래를 부르는 이들
목표는 언덕 아래에서 산 정상까지 가는 것
내려가는가 하면 올라오고 떠나는가 하면 돌아온다
목표를 누설하는 안개길
목표를 넘어서 하늘로 하늘로

진실은 침몰시키며 거짓말을 섬긴다
유통기한을 지우며 자신을 섬기는 이들
달리면서 노래하는

*당신의 공포는 고등어인가 핵발전소인가
40년 된 시한폭탄 안고 사는 건 무슨 죄고

언덕 아래
고등어로 살아가고 있는 사람들
고등어로 먹고 살고 싶지 않은 사람들
한 시간 안에 떠나지 못해

여기부터 지금
끈 선풍기부터 끄고 나간다

〈
광장을 지나 건널목 건너 노란 풍선으로 모여라
작은 풍선 작은 이들은 커진다
노란풍선 노란풍선
정당한 자신을 흔든다
손을 넘어서 마을을 넘어서 하늘이다
하나 되어
부적의 힘으로 나는

당신은 고등어인가
당신의 고등어는 안녕하신가

*반핵 깃발 문구

미친년옷가게

검은 수풀은 하늘까지 우거져라
쪼그리고 있을 때

머리를 잔뜩 흔드는 노래에 맞춘다
노래에서부터 부슬부슬 비 오기 시작해서
똑같은 감정은 싫어서
달마다 달거리작업을 몇 번 하는 광녀가 있어

여기저기를 입고 울긋불긋하다
낙타 옆에서 바람을 넣는다
마네킹인데 사람이라서 광녀가 있어

원피스를 입었다 벗는다
원피스를 망설이면서 보라색치마다
보라색은 광녀고 나는 자주색이어서
들쑤시는 치맛바람 치맛바람에 미치지 않아서
절도 간음보다 낫다

본 영화 또 봐서
기억보다 감정이 앞서서

누군가 주인장에게 몸이 앞서서
귓속말을 남긴 곳
낙태 거짓말보다 낫다

나를 보지 않은 채 나를 꼼짝 못하는

나의 미친년옷가게
너의 피규어몰

임금님 귀는 당나귀 귀를 외치는
검은 대나무 숲 입구다
뛰어다니는 우리의 미친년가게
명상보다 분명 낫다

2부

이성적인 침대

침대는 손님을 불러들인다
침대는 침대에서 식당이고 식당을 맞는
무한신뢰의 밥 먹고 잠을 잔다
화장실이고 화장실을 닦는 핵심만 남는다

잠들고 싶지 않아

침대는 침대와 꽃을 피우고
스프링이 뼈처럼 드러나도록 잔다
잠의 가장자리에서
하얀 공포를 씌우는
주요종교인들

침대는 손님이 무슨 말을 해도 잔다
용서하고 이해하려는 밝은 빛 속이다
밥 먹지 않고 앞뒤 위아래가 없어

침대귀신이 변덕을 끝내주도록 잔다
의사도 가족도 모르는 침대
거룩한 힘도 소용없는 침대

44

침대보다 작은 잠은
사람만 한 하얀 미소를 남긴다

호스피스병동 815호
침대 위에 또 침대인 것이다

우두커니

탕탕탕 총만 이 소리를 쓰나
탕탕탕 망치만 이 소리를 쓰나
탕탕 탕은 못을 문에 박다
시간차공격처럼 손을 박을 때 쓰나
단호하고 싶어서 쓰나
탕 탕탕은 십년 문을 두드려도
문을 열수 없다는 소리일 때 쓰나

문을 닫아도 봄이 오고
문을 열어도 봄은 오고

쯧쯧쯧 바짝 붙어오는 새
원시적부터 작아질 대로 작아져
새끼를 두드려
문 없는 집을 짓고

문이 없어도 문인 쪽문
다 듣고 있어
마지막까지 듣고 있어
여는 소리 없이

가깝게 열고

저 개의 의성어는
몇 가지 마음을 쓰고 있나
우두커니 밤의 문을 두드리는
저 개는 어디를 드나드나

날마다 동행

독설을 쏘아 올리기를 60년이 넘었다
그들의 무기와 그들에게서 60년이 넘었다

고향을 밟지 못해
흰머리 주저앉은 이곳이다
아이를 낳지 않고
취직하지 않고
죽음을 생각하는 곳이다

혈육을 만나지 못해
흰머리 주저앉은 저곳이다
진실이 어두운 곳이다

나는 아니라고 할 수 없어
다리 건너면 내 핏줄이다
다리 건너면서 주저앉는 남북에서
무엇이 60여년으로 몰고 가고
무엇으로 그 다음날이 오는가

태양은 밤을 물리치고 부딪치면 인사하고

아침을 낳는다

우리의 태양을 찾아 나선다
전쟁을 끝내는 평화를 약속하는
아침을 찾아 나선다

60여년 지난 대답을 눈부시게 기다린다

걸어가는 방

머리 깎았다는 선배의 소문이
가장 가까운 방
뱀이 똬리 트는 길 시작쯤
누군가 봤다면 알 수 있는
연애가 해탈보다 좋은지 묻다 연애박사가 되고
어림짐작으로 비벼지는 방황을 나눈다
우리는 우리에게 몰려
방이 지글지글 끓도록
즐거움을 위해 살고 싶어
신발은 밖으로 돌려놓고
감추고 싶은 것을 씻을 때
보제루에서 부르는 예불 종소리
팔뚝이 뛰노는 스님의 마음 심 자를 지우는 북소리
명료해서 고요한 북 속에서 선배를 만나
걸어 내려오는 밤길
우리가 침묵하는 비언어적인 것까지 의사소통을 하면
지독한 날씨를 기원하는 바람은 손을 모았다
어느 날은 방에 가기도 전에
문은 열리고 방 안 가득 연꽃이 피어
마음에서 벗어나도록 꽃을 비볐다

연꽃으로 한 해를 살아내던
우리의 해우소만 한 방
하루하루 걸어가는 그 방
방이 먼저였는지
우리가 시들었는지
한나절이면 아랫마을이 그리워
스님도 신부도 아닌 교차로에서 흩어져서 돌아섰다
머리를 깎았다느니 머리를 길렀다는 소문만 무성한
무엇이 되겠다고
무엇이 되라고 말한 적 없어
우리를 지켜보는
걸어가는 방
연꽃에서 해우소까지의 방

푸른 비둘기

푸른 지도의 비밀은
남쪽도 북쪽도 없이 하나라는 것

비둘기는 지도의 가장자리에서
가장자리로 비상을 시작하는 것

가까워 먼 금강산으로 여행가고 싶어
나의 이란성 쌍둥이야 잘 있었어
저녁도 푸른 하늘아 안녕 안녕
마중 나온 하늘과 휘적휘적 걸으며
딸에게 오마니
엄마에게 오마니 부르고 싶어

한번은 그냥 보내고
한번은 부르고 싶은 것만 뒤적이고
한번은 모두 불러

지도는 한 덩어리
한반도는 한 덩어리
푸른빛이 되고 싶은 비둘기와 한 덩어리

쌍둥이의 소원으로 정점을 찍는다

바다를 꺼낸다

난청검사실

복도는 닫고 들어오세요

첫 번째 복도를 닫는데
여자의 빨간 바지가 끊어지는데
엘리베이터는 끊어지는데
눈꺼풀이 뿌리째 무거운 건 반성이다
잠시 빨간 바지의 여자가 그리워진다

두 번째 복도를 닫는데
하얀 쇳가루 뱉어내는 복도는
마스크 쓴 방에 가둔 다음
방문을 열었다 닫는데
처음부터 새파랗게 어지러웠을까

세 번째 네 번째……
복도는 따라 들어오는데
귓바퀴를 타고 접신한 계단을 쫓아가는데
비상구 위치를 잃는다

황금똥파리

99.9 메가헬스
99 데시빌

왜 어지러운가요
듣고 싶은 것만 보아서인가요
보고 싶은 것만 들어서인가요

좋아요
비밀의 창문을 열어주세요
한꺼번에 복도가 덮치게
커튼을 걷어주세요
벽과 벽 사이
어떤 복도든 어지러울 준비를 마쳤답니다

아이스크림 부족들

앵무새는 머리 위에서 중저음이다
아이스크림 아이스크림 몇 번 말해
입에서 아이스크림이 부드러워
원시부족의 눈으로 개가 안겨
나도 털 난 부족이 되어 뒹굴어

앵무새라는 것이
깃털이 비명으로 떨어지는 어느 날부터
벌건 맨살로 싸울 줄 알았나
어느 날
추락하며 갈 줄 알았지
편한 손 하얀 손 장갑이 필요할 줄 알았나

앵무새보다 개의 길은 쉽겠지
눈은 멀고 피부는 헐어
피를 냄새에 묻히며 싸울 줄 알았나
어느 날부터
비명은 저절로 묻어나
나도 모르게 부모가 될 줄 알았나

〈

분칠은 벗겨질 대로 벗겨지는 것이
싸울 만큼 싸우는 것이라
싸움을 껴안아 사진 찍는 부족들
목이 돌아갈 수 있을 때까지 촌스러워

벌거숭이 부족은 비 오는 길을 갖고 있어
아이스크림 먹는 걸음이야
뒹구는 걸음이야
촌스런 자세일 뿐이야

먼저 기다리는 곳이 산이라 할 수 있나

허기

사탕은 콘크리트바닥의 바닥이 되고 있을 때
볕은 쪼그리고 앉아 개미의 작업을
비누에서 비눗물로 닦아갈 때
차는 밥을 위한 작업은 피해갈 때
입을 다물 수 없어
개미는 밥에서 허우적거릴 때
앞뒤도 없어
기어이 냉장고에서 빠져죽어도
놓을 수 없을 때
냉장고는 개미를 이기지 못해

중요한 건 대부분 냉장고에 있어

너는 너를 이고 지는 길일 때
쌀을 지고 다니는
쌀벌레를 냉장고에 넣을 때
쌀에서 네게로 구멍을 내고 있을 때
아침에 봉지쌀을 사러 갔던 기억으로
입을 다물 수 없을 때
해묵은 쌀을 지고

밥이 상해가는 줄도 모를 때
앞뒤도 없이
냉장고에 너를 쑤셔 넣네
냉장고는 이기지 못해
냉장고는 무거워 너를 피할 때

거기 말고 거기도 아닌 곳

진열대를 보고 싶어 올려달라고 하네
잡지 말고, 잡지 말고, 외치는 여섯 일곱쯤의 아이

—아. 니. 아. 니. 거. 기. 말. 고. 거. 기. 도. 말. 고.
아니야, 내가 거기 잡으면 안 된다고 했잖아

—순서대로 말해봐, 어딜 말하는 거니, 아빠잖아

그는 아이의 응석이라고 벌겋게 들어 올리네

말하는 곳을 퍼덕거려 울고
놓칠까 버둥거려 울음을 놓치는 곳
버둥거리지도 울지도 못한 나는 울음으로 일으켜줘
야 하나
무슨 목소리로 웃어야 하나

서툰 날갯짓으로 멀어지고
날개를 잃어버리는
거기 말고 거기도 아닌 곳
아이는 아이가 아니고

아빠는 아빠가 아닌 곳

폭탄은 피하지 않겠다는 아이
언제나 전쟁으로 날아가네

선글라스 끼고 문제없는 여기라는 진열대
여기는 언제까지 거기 말고 거기도 아닌 곳일까

주먹밥체험

오늘은 기자가 오는 날
기자가 오기까지 주먹을 만진다
손금은 비닐장갑에 먼저 새겨지며
주먹은 다듬을수록 주먹이 아니다

기자가 와야 체험은 시작이다
기자는 카메라를 쳐서 간을 맞춰본다
기자는 풀어야 할 주먹을 쥐게 한다
기자는 뜨거운 주먹을 풀게 한다

주먹의 손금이 흘러가고 가방이 흔들리고
주먹을 멈추세요 활짝
주먹을 먹으세요 활짝
보릿고개 주먹밥 6.25전쟁
웃음이 없는 체험은 없다
연기가 피어오른다
연기는 체험을 가지고 있다
체험을 먹는 할머니가 있다
주먹을 먹는 아이가 있다
기자의 세계는 멈추고

기자는 체험을 가져간다

식은 두 개 세 개의 주먹이 사라진다
식은 기자가 가자 끝이다

*비둘기에게 먹이를 주지 마십시오 비둘기는 날아다
니는 쥐입니다*
현수막이 손끝에서 웃는다

화장

보라색립스틱으로는
삼일을 도저히 견디지 못해
견디기 위해 화장하기로 하네
새신랑이 된 아버지네
어떤 그가 떠오르는지
얼굴이 따로 노는 게 싫어 통장을 정리해
비싼 화장품을 놓고 말이 많네
하지만 결국 하얗게 지우기만 하면 되는 법
다시 태어난다며 화장하는 법

화장을 해서 밥을 먹고
화장을 해서 시계를 보고 거울을 보네
만국공통어는 웃음이 아닌 화장

아이부터 어른까지 요즘 유행하는 화장이 있어
화장이 들어갔는지 검은 눈물을 묻히는 이들
나는 눈물이 한 톨도 없어 생수를 안경에 들이붓네
눈 화장이라도 해보지, 흉측하다는데
눈물은 어려운 화장이고

〈

지상은 지하보다 어두워
어떤 화장이든 들키지 않네
속눈썹을 그리기로 하네
속눈썹 없는 이들이 천 번을 흘러가는 표정으로
서로 뽀얗게 하늘 향해 화장하고 있어

꽃분홍 단장 너머
가을볕이 꼬리를 치장하는 시간

선풍기를 말린다

선풍기를 말린다

닭은 며칠째 표정변화가 없다
닭은 뒷짐 지고 벌레를 퍼트려
음식물쓰레기통, 쓰레기봉투 중 선택하다
날개는 뼈 부서지는 소리 내며 제자리 뛰기한다

선풍기를 말린다
쓰개치마 사이에서 제자리 뛰는 밤에 대하여
달에 대하여
등에서부터 들고 일어난 양귀비무늬 장판에 대해
거짓말이 서툰 혀를 빼무는 베개머리의 꿈과
헤어져 돌아와

다시 선풍기를 말린다
폭염주의보를 듣는다
매일 주의보를 발령하고 요새에 들어간 이는 나오
지 않는다
계란빛 옷을 입고
주의보는 매일 제자리 뛰기하고

〈

문이란 문은 다 열어둔다
어디가 안 열렸지 어디가 안 열려서인지

문은 창문의 유산이다
창문은 선풍기의 유산이다
등진 어디가 안 열린 건지
목 비틀어 봐도 아침은 미처 오지 않는
열대야

아무도 모르는 지명

여자아이가 빨간 먼지떨이 들고 춤춘다. 눈도 비비지 않고 여자아이를 쳐다보는 여자. 영감이 등을 때려야 여자아이는 없어지는데, 도리질하다 도리어 빨간 먼지떨이를 드는 여자. 방 여기저기에서 기분 좋아진 여자가 먼지떨이를 꾸미고 있어. 등 때려 줄 영감도 이제 없는데, 바람도 없는데, 거울 앞에서 여자를 들고 여자아이와 같이 놀다 이제 그만. 화장실에 가는 여자. 화장실에서 여자아이는 떨어져나가기도 한다. 어디까지 떨어질 수 있을지. 매일 거울 앞에서 여자가 떨어져나가도 여자 아이인. 거울 앞인. 이제 그만. 잠에 드는 여자.

겨울서 가을까지 원해. 여자는 손가락 발가락까지 쓰며 애원했다. 남자의 머릿속에 들어갔다 나오며 이혼했다. 한동안 비 오는 날도 나쁘지 않아. 그가 고맙기도 했는데, 며칠씩 밤의 생각이 더해져. 러닝머신에서 스물 스물 그가 먼지떨이 들고 춤춘다. 결국은 내밀렸다는 것. 당했다는 것. 여자가 원한 것은 원하지 않은 것이고, 그가 원한 것은 원한 것이 되고 말아. 그는 겨울에서 겨울까지 비 오는 날도 개인 날

도 눈 감고 천정까지 원해야 했다. 그가 먼지떨이 들
고 전기장판에서 춤춘다. 러닝머신에 건넌방에 전화기
에서 먼지떨이를 꾸미며 춤추는 그. 잠을 잘 수 없어.
이제 그만 당한 여자.

　　매일 눈 붉은 여자에게 내밀리는 여자가 있는.
　　아무도 모르는 지명에 사는.

3부

붉은 버릇

떠나는 이는 날마다 반칙 같아
날마다 등은 달리고 먼저 간다
뒤따라서 조문 가는 일은

붉은 나는 아니고 싶어 검은 나일 때
삐져나오는 붉은 꽃무늬
예의를 몰라

시락국이 맛있어
이모를 외쳐 한 그릇 더 맛있어
술을 권해 짠 부딪치는 붉은 꽃무늬
예외를 몰라

몰라서 멈출 수 없어
울음을 들고 살금살금 걷는 웃음
어느 순간이다
걸음으로 조의봉투에서 기도에서
나올 만큼 나와 버린 꽃무늬
대략 물들은 불량품
네가 알아보고

내가 나를 망설이는
둘 다 붙잡고 싶다

속으면서 속이면서 검붉은
방어를 해야 하나 그 자리에 있어야 하나

지금 뭐하고 있는 거니
지금 뭐하고 있는 것 맞지

오른쪽으로 많이 나오고
왼쪽으로 거기인
버릇으로 반칙을 이기는 길

왜 그랬나요
−세월호 2주기

꿈이기를 바라는 열여덟의 꿈을 꾸어요
삼백 명의 얼굴은
책상에 손을 얹고 수학여행을 떠나고 있어요
책상을 치워도 무슨 일이 일어날지 아는
두려움의 눈에 꽁꽁 묶여
무엇을 해야 하는지 묻고 있어요
어제의 기억이 많은 우리는
오늘도 꿈에서 나오네요

무엇이라도 해야 하는
삼백 번의 슬픔을 아는 봄은 돌아오네요
봄은 봄이 아니고
스무 살은 스무 살이 아니에요

당신이 보인 눈물의 언어는
무엇을 약속하고 지켰나요
노란꽃다발을 품고 있는 눈물은
남의 나라 이야기가 되었나요

아무도 대답하지 않는 2014년이 있어요

삼백 명의 책상이 있던 우리는
삼백 번의 슬픔으로
사진 속이거나 어제의 꽃다발을 놓는 자리에 있어요

열여덟 살을 떠날 수 있게
세상 속에서 밟히고 떠도는 열여덟에게
대답 좀 해줘요

왜 그랬나요

아이 되기

돌멩이를 쥐고 머리를 길렀어
파마 없이 염색 없이
미장원 없이
옛날식으로 말아 올리고
무게를 높이를 키워가는
머리를 기른다고 돌멩이를 쥐는
돌멩이를 쥔다고 징검다리를 건너는
시계적인 삶을 사는
이름도 시계적인 머리카락을 자른 날
돌멩이를 놓아버린 날
가벼워지는 것에 대해

소아암센터
가발 만들기 행사에
기증해

옛날식으로 돌멩이를 다시 쥐네
머리로 감정을 표출하지 않아
돌멩이의 감정으로
미장원 없이

76

이십 키로 가벼워지는 것에 대해
이십 키로 낮아지는 것에 대해
시작해

아이 되기가 목표네

말의 껍질

진통은 벗어나게 해달라는 장갑 낀 손
진통제에 매달려 손을 찾는 당신

목이 길어진 기린의 사연만큼
긴 지병의 사연에
매달리는 힘만 남았다

*푸른 꽃에서는 푸른 광채가
붉은 꽃에서는 붉은 광채가
흰 꽃에서는 흰 광채인 오색칠보의 극락을 읽는
불빛이 보이면 불빛을 따라가라는
당당한 날인 걸

똑똑 먹는 링거
밥을 얼마나 먹어야 극락을 읽어도 될까

착한 말은 아미타경
나쁜 말은 극락

좋은 시간에 극락가게 해달라는

당신의 극락
매달리는 극락에서
통증에서 오늘은 빛난다

짐을 놓고
잠을 깨고 있는데

*한글 아미타경에서

평화 홀씨

평화협정은 평생의 숙제인 이들
사드배치의 진실을 위해 평화시위 전단지를 나누네
평화를 위해 사드배치를 저항하는 건
강물에 든 달을 건지려는 일이 아니라며
손잡고 걸어가네

누구나 발 담근 역사에
날카로운 길을 새길 수 없어
무관심의 옷에 이슬 젖도록
오늘도 묵묵히 새벽이 되는 이들

평화의 이슬에 젖어
가는 길 어디든 함께 초록으로 이어지길 바라네
홀씨 돋아나고

여기저기 커브 길을 가다
이슬에 바지 젖고 몸이 젖네
애끓는 비는 냇물이 되고 강이 되어
바다로 나아가

〈
우리는 이 길을 따라서 흘러가는
서로의 바다라는 것

하늘의 눈이 되고 땅의 발이 되네
백두산에서 지리산으로 지리산에서 백두산으로
홀씨는 평화를 위해 걸어가네

동지

속이 올라온다
팥죽 먹으면 몸이 올라온다
솟아오르는 몸을 삼킨다
바람 빠진 얼굴이 돌아간 자리
신물 난다
팥죽은 싫다

나는 귀신인가

새벽길로 오는 너는 귀신인가
내 속을 어루만진다
잘 어울릴 옷을 입고 이름을 바꾼다고
스모키 화장한 얼굴이 복숭아 빛일 때
동지의 의식으로
몸 안으로 돌려보낸다

동지를 찾아가는 날
눈이 작은 도시의 길 위에서
옆얼굴에서 둥지를 찾던 그는
동성동본인가

〈
새벽 몇 시 몇 분
작은 일 큰일에 팥을 던지는
전설의 고향은 사라진다
새벽의 중심에 있던 닭의 정체도 없이
팥죽은 생각만 해도 몸이 올라온다
몸은 생각과
동지의 의식으로

생각만 해도 귀신인가

그 이상의 무엇인가

끝물

딸기는 끝물이다
끝물은 모퉁이를 돌아간다
사과와 딸기를 번갈아 받아들인다

저번 주에도 오늘도 끝물딸기는
짓물러진 목소리는 동네를 흔들어
들쑥날쑥 코스모스 핀다
잘못 들었나

백화점에서 비싼 몸인 햇것인가 끝물인가
멀쩡해서 농담 같아
멈추지 않는 시간으로 춤을 췄으니 노래를 불러야지
노래를 불렀으니 딸기라도 먹어야지
모퉁이에서 만지작거린다
안녕 안녕
만남은 이별이다

잘못 들었나
옆집도 몇 번 끝장낸다
잠도 없이 그 자리에서

행동과 표정으로 먼저 부서지고 떠난다
맹세하고 받아들이며 시작이다
되돌아온 끝이다
사과를 주고 끝이다

첫 페이지에서 끝 페이지까지
지킬 것 없는 호화판 잡지다
여기 이곳이 맞나
올려다보면 하늘이고 내려다보면
안녕이다 안녕

돌다가 제자리다

손 두부 냄새가 맞는다
촛불 연등은 손 냄새를 품는다
청암사는

세상은 내게 다정하길, 켜자
세상이 내게 집중하길, 켜자
막무가내 내 밝음을, 켜자

이렇게 살기 싫어서 이렇게 살고 있는 부부
한숨으로 켠 소원이 낯익다
고장 난 냉장고 켜지듯
소방서 직원은 비상근무를 켠다
목탁은 격자창 너머를 켠다
눈물샘을 자극하는
절마당의 네 바람도 내 바람도
어둠을 벗어날 것이라고
따라가는 입구

이 시대의 촛불 연등
어디서 모두 오는지

애걸복걸 비바람을 어떻게 받아들이는지

목까지 밝은 촛불아
목 아래를 걸어가는 거인아
석탑아

촛불냄새 따라
돌다가 제자리다

여기는 일요일

일요일은 커서 비 오는 곳에 있고요
조금 더 켜져서 눈이 오는 결혼식에 가고요
애인은 없이 결혼하는 신랑신부는 평범해
박수치고
뉴스에서 애인이 있어
바다에 빠진 애인은 돌아오지 않고요

일요일의 멧돼지가 복면을 쓰고
자신을 찾아 산에서 내려왔고요
손발을 잡고 옮겨가는 돼지를 보며
복면을 벗기고 싶어
입을 다시는 돼지들

모두가 참을 수 없이 켜져서
19세미만 판매금지 맥주를 마시고
일요일의 노래를 부르다
왜 돼지고기 생각이 나는지요
돼지는 연속극이 될 수 있고
비 맞으면서 계속 불어나고
산을 뜯어먹은 돼지는 멀어서

〈

일요일은 저녁이 커서
벽장에 길을 내고
서로를 낚아채서
여자는 애인에게 있고 남자는 애인의 애인에 있어
이름을 부르면 일요일은 힘들어져
서로를 자기라고 부르네요

이 방식이 너무 멀어
일요일이라는 여기는
망원경으로도 알 수 없다나요

맨홀이라고 말하는 길

코끝을 스치는 땅이라
땅과 물고 싸우는 걸음이라
어디로 이끌리든 조금씩 어긋난다

혼자 자기 나라 말하는 외국인처럼
오늘의 찻길에서 혼자 나와
분명 그라고 말하고 있어
깊어졌어
두려워졌어
차들은 용기도 없이 달려가
그 입 닥쳐
입 무거운 찻길인
용기가 필요해

그는 일종의 용기
웬만해선
닥치고 있는 용기라
용기가 사라지면서
치마부터 떨어지기 시작해
가랑이가 찢어져

생각을 들여다보느라 차가 떨어지면서 지나가
생각을 들여다보느라 차에서 떨어지면서

땅의 결핍으로 물이 흐르고
땅의 파편으로 담배꽁초가 흘러
땅보다 여려
입 닥치고 있어

영도 가는 길

영도는 흐리고 나트륨등이 켜져 가깝다
볕이 좋은 날은 대마도까지 가깝다

영도는 가깝다가 밀어낸다
당기다가 멀다
영도다리는 피켓 들고 영도로 가려는 길
바다의 골목은 방패로 막는 길
누가 누구의 길을 막아

비 오는 속도로 날개 저어가는
크레인에서 날개 달고 앉은 그녀에게도
희망버스는 날아가려나
크레인에서 밥은 막히지 않으려나

내가 내 밥만 챙기게 되고
내가 내 밥만 챙기지 않아야 되는
길에서 내가 막히는 날

뒷짐 지고 앉은 오래된 트럭
으르렁거리는 길이 막힌다

밥이 막힌다

나는 나 때문에 꼼짝 못한다

철조망의 태도

유모차에서 잠에 녹아든 배냇짓 말이야
자신을 아껴서 쓰는 아기 말이야
잠을 만져볼까
잠도 만질 수 없어
누군가
발목을 잡아
발목으로 보호해
도둑이 감전되고 뒷걸음치게 돼

그가 어젯밤에 관하여
쓰고 있는 출근길
목적지를 지난
잠에서 내리지 못해
위태로운 고개를 몇 개 넘어
누군가
창문 손잡이에서
뒷걸음치면서 보호해

어디서부터라 할 수 없이
가시투성이라서 보호하고 있어

〈

철조망의 발목을 잡는 맨드라미
거기서부터
가시의 벽을 껴안고 꽃을 피워
맨드라미와 같이 가는 맨드라미라고

되고 싶은 곳을 찾아가나 봐
철조망은

어디로 가는 방

아무나 보고 아무도 안 보고 있다
눈 치켜뜨고 보고 있는 곳을 모른다
손은 손을 쥐지 못해
말은 말이 되지 않는다
몸이 몸을 모욕하는 사나운 소동에
패치 진통제 붙이고 공중부양하고 있다
어제는 죄책감 없는 산소 호흡기 뗐다
마른 비누로 머리를 감았다
링겔만 먹은 지 석 달
자신을 꺼내며 기계를 덧붙인 지 두 달
여든 한 번째 생일인 어제는 삐뚤어진 고깔모자에서
스물 네 시간 들리는 노래를 들었다
고향에서는 찔레꽃이 붉게 두 번 피고진다
몸이 이성적인 숫자를 이어간다
암호를 풀다 지쳐
아무도 미워하지 못하는 곳
봄비가 겨울을 견디고 있다
아무나 보고 아무도 안 보고 있다

어제 두 사람이 혁대 잡고 지하철에 뛰어들었다
아무나 보고 아무도 안 보았을까

96

4부

화룡점정의 머리

목욕 가면서 머리 감는
머리 감고 감는 너를
내버려두어야 나도 내버려둬

옷을 찢어도 옷을 포기하지 않는
나도 그래

잣대도 솟대도 없이
머리부터 이겨
옷부터 이겨
미더덕인 줄 알았는데 된장뭉치
거머리 머저리를 극복할
막무가내 보자기야
도둑도 도둑의 이유가 있어

덮을 만큼 덮어야 내가 돼
덮을 곳이 많아 우리가 돼

목욕 가며 머리 감는

화룡점정의 머리 덮으면서
고요한 모자가 되어야 해

자빠트리고 시작하기

인형만 한 사람이 나를 본다
사람만 한 고양이가 나를 본다

사람이라고 고양이를 안는다

무서움이 징그러움이
사람 고양이를 걸고넘어진다

거기 있는 느낌으로
바비인형만 한 고양이가 본다
오기야 부르면
고양이만 한 사람이 본다

나는 어디에 붙어
내 맘대로 다가가고 나올 수 없어
고물거리는 가여움이 억울하다
내가 아니라고
내가 맞다고 끼어들다 납작하다

자빠트리고 시작하는 꿈은

끝나도 자빠트리고 있다
항복하라고?

그만 좀 자빠자

이제 와서 부르는 소리는 누군가

일어나면 아무도 없어

더 침대

노숙이 뒹구는 침대
비를 재우는 침대
더 침대이고 싶어

더 침대
일 년 내내 점포정리중인 가게 앞이다
비의 발자국이 구겨져 들어와
척추는 무너져 내리는

선택 없는 꿈을 꾸고 공연히 아프다
사람의 존재만 아니라면 버틴다
과학이라는 중심에 누워
그러니까 과학도 비도 견디는

퀸 사이즈는 토닥토닥
비는 비를 벗어놓고 침대를 꿈꾸느라
침대는 침대를 벗어두고 비를 꿈꾸느라
뒤척임도 코골이도 없다

시골마을은 겨울은 할머니는 은비녀에 둘러싸인 머리는

성실하게 잘 살았어 고맙고 미안하고 수고했고……

더 침대
일어나지 않는다
잠이 최고다

치약이 연고가 될 때까지

아침은 치약으로 수혈하며 살아난다
엊저녁 냄새가 묻은 어금니
유에서 무를 닦아간다

세일즈맨 규칙 제1조 1항
선물은 창조적이므로
치약을 과대포장해서 돌린다
고객은 텅 빈 상자로 돌아와
방바닥을 파는 것보다 낫다

낮은 눈뜨고 꾸는 꿈같아
꿈꾸기 시작하면 묻지 않는다
이를 가는 것이 힘들면 일어나
돌아다니고 돌아와 보니
일상이 입을 파는 일이다

밤에는 우정이 없어 술 마시러간다
회사가 아끼는 사투리는
술을 위한 물밑작업은 의무적이므로
여자 친구는 뉴질랜드에 있다

〈

뒷걸음질 치는 등은 보여주지 않는다
등은 상징으로 간직한다
치약은 수평으로 놓고 짜내며
상자에서 수직상승하는 것과
같은 본질의 백일몽을 꾼다

어제는 잊었다고 아침이 오고
불량의 냄새나는 치약은 선물로 온다
치약은 언제 연고만 해졌고
치약은 언제 연고가 되지

지나가는 춤

종합재활용센터 원목테이블에
올라가 춤을 춘다
원목테이블이 울릴 때까지
두 다리 펴고 앉아서

화해는 얼굴 붉히는
얼굴로 말하지 않는 것이라
밤하늘을 입고 풀려나는 말
테이블에서 풀어버리자는 말

좋은 사람은 나쁜 사람이고
나이테를 헤아리다
테이블은 차만 마시는 게 아니고
차는 싫다고 뛰쳐나온 말

당근이지 홍당무는
말이지 토끼는

감정을 강화하는 무표정으로
테이블에 올라가면 미친 사람

테이블에 올라가서 춤을 추는
영화 속으로
말만 남는 말

내가 깨우는 아침

내가 깨우는 팔은 만세운동이고 싶어
팔이 늘어나며 어디 한군데 두려운 운동의 자세는

내가 깨우는 오토바이소리는 새소리 매미소리와 같아

내가 깨물어 깨우는 모기
내가 때려서 깨우는 뺨
잠을 펴서 다른 곳을 긁는

나를 깨워 오늘도 제멋대로 생각하는 일
아슬아슬한 나를 보며
그러니까 비행기를 타, 눈을 감아주는

어제 흘린 간장치킨 냄새를 깨우고 있는
이십 분간 내가 깨우는 휴대폰

내가 깨우는 오래전의 오줌싸개는 귀의 간지러움으로
지금껏 나이고

내가 깨우는 내 식으로

접고 잡고 어디를 깨워야
나에게서부터 도망가지
도망간 꿈을 시작하지
아침으로 1미터 움직여

천사가 아니라서

천사 미하일은 신사가 주문한 장화는
심장이 터지는 오늘은
장의용 덧신으로 만들었을 때
한복집은 분홍속살의 한복은
수의로 만들 수 있나

〈가정식밥집〉의 여자
천사가 아니라서
자식 결혼에 오늘을 보태
두근두근 여자를 줄이고
몰래몰래 잠을 줄이고

천사가 아니라서
거기서도 드문드문 있는 여자를 캐고 다닌다
거기서도 새벽시장을 두르고 불꽃 뒤쫓는다
직업은 태워버리자

천사가 아니라서
너무도 많은 나를 쌓아두고
내 것이라고 쫓고

나를 입히고 들었고 신었다는 것

오늘은 제멋대로 자라
옷은 제멋대로 자라나
제멋대로 자라는 건 믿지 않는 것

어제의 표정 위로 분홍빛이 돌아
제멋대로 봄이 오는 걸 믿지 않는 것

친절한 금자씨를 표절하다

웃는 아이를 만들어
일상으로 소금에 절이는
엄마 금자씨
웃고 싶지 않아 웃는
감옥에 가려져 말라가는 아이야 안녕

웃는 아이를 만들고
규칙적인 혁대를 만들어
갈비뼈를 맞추는 아빠 금자씨
벗고 싶지 않아 벗는
감옥에 가려져 부서지는 아이야 안녕

금자씨의 지휘 아래
아이들은 유쾌한 웃음이 되네
날이 밝기를 기다려
내일도 모레도 아이를 인솔해
나아가고 있어

목이 쉰 안녕을 고하는 줄 모르고 있었네
내 집 골목 앞에서 방향을 바꾸는 소리

웃는 아이들의 안녕은
고개를 돌리는 순간
백년 후에도 웃으며 만날 것 같네

우리가 캐스팅한
친절한 금자씨의 영화 속이 분명해

악양양조장

악양양조장은 꽃을 파네

비 오는 날은 엄마 꽃무늬치맛자락이 좋아
주전자 안고 심부름 가네
다리 건너 외동약방 이북내기 광복라사 지나
젖빛 주전자 꼭지를 입에 물었다 빼네
젖을 놓친 날로부터 엄마를 놓치고
신데렐라의 마차는 울퉁불퉁 들판을 지나가네
전깃줄 위를 걸어 신발 한 짝만 마중 나온 불빛에
엎어지네
눈물 글썽이는 집 앞에 기다리는 이는 누구일까

악양양조장은 어제의 꽃을 파네

비 오는 날은 오래 떠났다가 돌아오기 좋아
꽃무늬치마 뒤집어쓰고 찾아가네
대나무 감나무 차나무 잘리는 소리에
유리구두 한 짝을 벗어놓은 곳
신데렐라를 멈춘 곳
심부름 가던 곳으로 달이 뜨고

흰둥이는 가만있어 아무도 오지 않았네
젖빛 주전자 꼭지를 입에 물었다 빼는 여자
얼굴을 잡히는 대로 엎질러
신발 한 짝 안고
울퉁불퉁 마중 나온 악양들녘이 붉어오네

악악양조장은 꽃이 피네

오래된 울음이 피네

취향도 깡통도 없이

절벽에도 이정표는 있다
절벽을 기준으로
상하이 845km 로마 13,086km 케냐 15,576km
하와이 8,588km 토론토 13,587km……
케냐는 오른쪽 토론토는 왼쪽으로
저 혼자 떠나기 시작한다
나를 쫓아내는 허수아비같이
자작나무 한 그루같이
절벽을 전제로 가만히 흔들려

이정표는 서 있다
나를 기준으로
타이베이 19,000km 파리 19,000km
케냐 19,000km 토론토 19,000km……

취향이 없고 깡통도 없이 흔들리는
내겐 그곳이 그곳이다
느닷없이 유명하다 끝난 앵무새다
버킷리스트 첫 장에서 가방만 싸다
어두워지면 집으로 베갯머리에서 푼다

먼 곳에서 돌아다니고 돌아다니며 깬

내 안의 바다에서 술통은 떠나지 않고
야자열매는 뛰어내리지 않아

빠삐용은 떠나고

다시 선다
등 떠미는 이정표
등 떠미는 절벽

나를 기준으로 0m인 절벽

장렬한 수박

골목의 도전에 망설이는
골목이 억울한 나는
네모난 나를 밀어 넣고 굴러가
세 사람이 응원하고

가장자리에 마음을 뺏기면서 탄력을 받았어
입술이 찢어진 건 거짓말을 해서가 아니야
하늘의 맹세는
뱀이 속삭이는 모퉁이 지나
한 사람이 얼음을 찾다가 가버려

골목을 벗어나려 계단을 오를 뿐인데
계단은 화분의 자리를 비껴나 줄까
생활은 쓰러지고 문에 치인 쓰레기통
비누를 빨고 있는 개미를 밟아 문대
나를 잇대어가며 뒤돌아보지 않는 것이 중요해
박살을 기다리다 지친 사람
음모를 생각하는 사람

시작이고 끝인 나

시작이고 끝인 대결은
오뚝 오뚝 솟는 오기의 각도 꺾어서
그늘 고인 한여름 지나
오르막길을 올라가고 있어
수박을 돌려달라며 박수 치는
입을 다시는 사람

내가 누구라고 속인 곳부터
퍼렇게 질려서 벌겋게 중심을 옮겨
마침내 흥건히 수박만 쳐다보고 있어
마침내 세상의 첫걸음으로 흘러가며
내 밖의 세상을 맛보는 길

똑똑한 소리

쌀쌀한 태도는 하이힐에서 시작해
가고 싶지 않은 곳을 가고
소리 내고 싶지 않은 곳을 소리 내어
쌀쌀해

자존심과 구두 사이
담배와 하이힐 사이
담배 한 개비만 한 굽은
구두 굽만 한 담배를 밟아 문대

높이의 패턴을 자를 수 없어
허리띠를 당기는 어떤 하이힐
그에게 매달리면서 쓰러지면서
끌려가는 구두 아닌 사랑이라고
빡빡 우겨

다리가 길면 똑똑하다
어딜 가나 똑똑한 사람이다
어딜 가나 똑똑한 소리다

〈

불과 연기 사이를 구겨 신을 수 없어 하이힐
피었다 시들어 하이힐

의식도 없이 젖어
자라나는 무지외반증
의식이 없는 곳으로 데려가
바닥은 높이를 벗어보았지
돼지감자 밭으로 가는 머슴 발은
전사의 길이라는 자존심

모자에
구두에 실려
저 높은 곳을 향해가는
저 높은 곳을 지키는 전사는

분홍빛 우리는
−호스피스병동

분홍빛 문이 기다리고 있습니다
오르막의 문을 엽니다
하늘은 아껴서 웃는 사람의 기다림에
산을 드리우고 있습니다

창문으로 희망을 걸어둡니다
오늘의 희망으로 기도를 드리는
우리의 부모형제들
우리에게 이어집니다

몸이 기억하는 삶의 우여곡절
영혼이 기억하는 희로애락으로 버무린 삶에
고개를 숙이게 되는

강한 우리는 여려지는 곳입니다
여린 우리는 강해지는 곳입니다

단지, 울음을 닦아주는 일뿐일지라도
같이 흘릴 울음을 안습니다
희망을 멈추지 않아야 겠지요

〈
멈추지 않는 시간으로 갑니다

산을 올라 하늘에서 가장 가깝습니다
호스피스병실
분홍빛 문을 엽니다

어른거리는, 물결치는, 파문처럼 커지는

김남석(부경대 교수, 문학평론가)

정안나의 시를 읽어나가면서
일견 비어 있는 듯 보이는 주체의 자리를 채우고 싶어졌다면,
이러한 마음은 과장일까.
시를 관류(貫流)하는 시상(詩想)을 묶어 줄 수 있는
자리를 분명하게 표시하고 싶어졌고,
그 자리에 우리가 잘 아는 '누군가'
혹은 '무언가'를 대신 세워놓고 싶다는 생각을 했다면,
이러한 의도는 과연 무엇을 뜻하는 것일까.
어쩌면 정안나의 시가 세상에 횡행하는
주체의 공백을 확인하도록 종용하는 시적 기류를 형성하고 있으며,
그만큼 그 빈자리에 대해 생각하게 만드는 힘을 농축하고 있다고,
그렇게 말해도 괜찮다는 뜻은 혹 아니었을까.

1. 파문처럼 커지는

정안나의 시는 어른거리는 하나의 이미지, 혹은 낯선
감정에서 출발한다. 본래 자신 안에 있(었)던 것일 테지
만, 이 이미지는 타자처럼 생경하게 세상 바깥으로 튀
어나오곤 한다. 그리고 세상에 등장한 이후에는 가급적
자신의 자리를 낯설게 확보하여, 시 안에서 파동 치는

상념을 붙잡고자 시어들을 분주하게 다그치는 존재로 거듭난다.

이렇게 조직된 시어(들)로 인해 원초적이어야 할 '낯선 그 이미지'가 반드시 포획되는 것은 아닐 테지만—사실 언어로 이미지를 포획하려는 과정은 그 자체로는 시 일반의 창작 과정과 별반 다르지는 않지만—이러한 포획 과정에서 파문처럼 번져나가는 또 다른 상념—때로는 시인도 예치기 못했던—이 삶의 자극으로 현현하기도 한다.

처음부터 의식했더라면 이러한 자극은 시적 자극이 되지 못했을 지도 모르고, 다소 상투적인 넋두리로 전락하고 말았을 지도 모른다. 하지만 시는 무엇을 낚을지 모르는 삶의 한복판에서 그 낯선 감정을 미끼로 생의 자극을 낚아 올리는 수단이 될 수 있었고, 그래서 그 자극은 처음부터 존재하지 않았을 지도 모르는 '신비한 새 것'으로 변신할 수 있었다. 설령 그 자극의 본 모습을 직접 대면하는 순간이 온다고 할지라도, 시가 된 자극은 사라지지 않고 물결처럼 번져가는 이미지의 파문으로 남을 것이기 때문이다. 파문이 온당하게 그리고 의미 있게 출렁거릴 수 있을 때, 지루했던 삶은 다소의 윤기나마 묻히게 되고, 메마른 감정에도 약간의 활기가 돌게 될 것이다.

2. 낯선 온기

「낯선 온기」는 정안나의 시가 따르는 일련의 전제를

비교적 충실하게 보여주는 시이다.

> 마을버스에서 출렁 출렁 붙어 앉았다 그가 내린 자리
> 내 옆구리에 필사적인 온기로 남아
> 부분으로 전체를 묻는 자리
>
> 내 등을 내가 안은 듯 서정적으로
> 갈비뼈 안의 내장을 만지고
> 얼굴도 영혼의 크기도 모르면서
> 은신처에서 온도를 바꿔가며 웅크려
>
> 매화나무에 흘러들었다 가버린
> 매화나무의 봉오리처럼
> 그런 식으로 남아 있는 온기의 자리다
> 가두어 찾는 것도
> 지친 소리가 들려오는 것도 아닌
> 문득이다
>
> — 「낯선 온기」 부분

마을버스에서 화자는 어떤 이의 온기를 감지한다. 옆 좌석에 남아 있는 온기는 그 전까지 누군가가 그 자리에 있었다는 미약한 증거이기도 하다. 다만 그 증거가 너무 약해, 희미한 이미지로 어떤 존재의 가능성을 전하기는 하지만, 그 자취는 좀처럼 미약한 온기 이상이 되지 못하고 사그라지고 있을 따름이다. 그러니 제 삼자에게 증명하거나 호소할 수 없는 나약한 증거인 셈이다.

시인으로 보이는 화자는 그 온기를 확인하기 위해, 어떻게 해서든 그 희미한 흔적을 자신의 내부에 집어넣으려고 한다. 하지만 얼굴도 모르고 영혼의 크기도 알 수 없는 온기, 그리고 그 온기로부터 전해오는 낯선 이의 자취가 왜 중요한 지는 설명하지 못한다. 화자는 그 자취가 '문득' 다가왔다고 말한다. 그렇다면 '나'의 삶에 그 자취는 무엇이 될 수 있을까.

3연은 정안나가 즐겨 쓰는 시적 기법이 드러나는 대목이다. 시(상)는 비약한다. 온기의 자리가 버스의 자리에서, 그리고 내부의 자리에서 벗어나, 시가 담아낼 수 있는 고풍스러운 비밀의 자리로 옮겨간다. 그 자리에는 매화나무가 있고, 물결치듯 흘러들어오는 온기에 반응하는 봉오리가 있다. 봉우리는 온기를 더듬는 듯하다. 사라져가는 미약한 기운을 받아들여, 가두고 애써 찾지 않아도, 지친 소리로 존재의 증명을 요구하지 않아도, 문득 '힘'이 되고, '열림'이 될 것이다. 매화나무를 열어 세상에 물결치는 자신의 자리를 증명할 것이고, 열린 세상을 수용하여 내 안의 그늘을 만들거나 또 부술 것이다.

이 대목만 놓고 본다면, 허름한 마을버스(자리)는 모호한 내면을 돌아 비밀스러운 매화의 어떤 공간으로 들어갔다고 할 수 있다. 이러한 통로는 기본적으로 시가 실어 나르는 은유의 힘으로 가능했지만, 더 깊이 들어가면 낯선 온기→내면의 관찰→비유(매화)의 탄생→그리고 피돌기처럼 번져 가는 희열에 의존하고 있다. 시가 있던 자리에서만 따뜻한 감정이 돌 수 있다는 듯한 이

러한 희열은 가끔 시의 가치를 넘어서는 자리를 만들어
내곤 한다.

3. 울음을 놓치는 곳

외부의 자극은 비단 시각이나 촉각으로만 촉발되는
것은 아니다. 정안나의 시 중에는 청각에서 그 발단을
찾는 시도 꽤 여러 편이다. 가령 「백민들레의 시간」에
서 "꽃이 피는 소리"는 환하게 밝은 날을 충격처럼 찢
어버리는 소리의 존재를 감지하게 만든다. 시인은 그러
한 자극을 "호로라기 소리도 없이 찾아온 뻥튀기는 소
리"에 빗대고 있고, 그 소리가 결국 삶의 입구를 간신히
들어올려 "마음 미치는 곳마다 채워 가"야 하는 운명을
보여준다고 묘사하고 있다.

꽃이 피는 소리는 귀담아 들어볼 만한 소리이다. 또
한 그 소리가 어릴 적 우리를 놀라게 했던 '뻥튀기 소
리'처럼 내부를 진탕시킬 수 있을지 장담하기 어려운
'어른의 삶'을 살고 있다고 가정한다면, 이러한 소리의
존재는 제법 긴 여운을 남기는 충격이 아닐 수 없다. 그
충격을 감지하는 소리가 여기저기서 피어오를 때, 시상
은 엉뚱한 곳으로 가기도 한다.

그는 아이의 응석이라고 벌겋게 들어 올리네

말하는 곳을 퍼덕거려 울고
놓칠까 버둥거려 울음을 놓치는 곳

버둥거리지도 울지도 못한 나는 울음으로 일으
켜줘야 하나
무슨 목소리로 웃어야 하나

서툰 날개짓으로 멀어지고
날개를 잃어버리는
거기 말고 거기도 아닌 곳

－「거기 말고 거기도 아닌 곳」 부분

인용된 시 안에서 아이는 떼를 쓰고 있는 듯하다. 아
이를 돌보는 남자는 떼쓰는 아이를 응석부린다고 나무
라지만, 아이는 필사적이다. 아이는 자신이 원하는 자
리를 찾기 위해서 계속해서 '거기 말고', '거기도 말고'
를 외치고 있다. 존재의 자리를 정확하게 찾을 수는 없
지만─아이는 자신이 원하는 것(곳)을 정확한 언어로 지
시할 수 없지만─정확한 자리가 아닌 것에 대한 부인(否
認)으로 자신이 쫓던 곳을 집요하게 찾아 나선다. 아이
에게 그 자리를 찾는 일은 지난한 일이지만, 아이는 좀
처럼 포기하지 않는다. 그러한 점에서 아이의 부인은
'위대한 거절'을 연상시킨다.
　아이의 부인과 거절 사이에서, 화자는 아이가 던지는
세상으로의 신호를 읽어낸다. 신호를 읽어낸 직후에 그
녀가 할 수 있는 일은 그 자리를 명명하는 것인데, 그
자리는 의외로 일상의 층위에서 지정될 수 없는 자리이
기에 일상어를 비틀어 자리를 지목할 수밖에 없다는 생

각을 한다. 당연히 그 언어는 시이고, 구체적으로 아이가 존재의 자리를 "놓칠까 버둥거"리면서 필사적인 "울음을 놓치는 곳"에 대한 묘사이다.

힘겹고 외로운 아이의 싸움을 지켜보는 화자에게, 동시에 그곳은 '자신의 울음'으로라도 아이의 욕망을 "일으켜줘야 하나"라는 의문이 투여되는 곳이기도 하다. 아이의 서툰 언어는 그 자체로 미숙함의 표식이겠지만, 냉정하게 말해서 이러한 미숙함을 극복한 이가 세상에 몇이나 되겠는가. 우리는 편리하게 아이/어른으로 그러한 상황을 가려놓고 있지만, 어른들이라고 해서 그 자리를 과연 알 수 있을까. 아이가 아니라고 스스로 자위하는 어른들도 결국에는 그 자리를 찾지 못하고, 함부로 지정하지 못하며, 언어로 골라하지 못하면서, 점차 그 자리가 낯설게 느껴지고, 일상에서 천둥치는 소리처럼 달려드는 것처럼 여겨지며, 쫓아가지만 버둥거려도 잡을 수 없는 낯선 자극으로 끝나는 경우가 다반사이지 않던가.

아이는 버둥거리며 울기라도 할 수 있지만, 소위 '어른'은 "버둥거리지도 울지도" 못하며 끝내 울음을 '놓아' 그 자리를 표시하지도 못한다. 결국 '거기'가 아니고 '거기도 아니'라는 관념의 각주구검(刻舟求劍) 표시만 남겨놓을 따름인데, 이 역시 시간이 흐르고 그에 따라 사람이 흐르면서, 이 세상에 과연 존재하는 곳인지도 모르게 된다.

시인은 아이에게서, 그 자취를 놓치고 허망해하는 자신과, 동시대의 사람들(의 초상)과, 소위 어른이라고 말

하는 이들의 푹 꺼진 심연을 들여다본다. 일상의 언어
가 잡을 수 없는 곳에 아이는 울음을 찍어 표식을 남겨
두었기에, 그나마 그 표식이라도 있었기에 파문처럼 번
져나가는 허망함의 실체를 인식할 수라도 있었다. 그래
서 시인은 '아이 되기'를 두려워하지 않는 것 같고, 심
지어는 '아이 되기'가 목표라고 말하는 지도 모르겠다.

   소리가 사라진 경우에도, 청각은 의외로 다른 감각
으로 바뀌어 한 장소를 기억하도록 만드는 힘을 발휘
하기도 한다. 정안나의 시에서는 이러한 효과가 여기저
기에서 분출하는데, 이러한 효과를 따라 그녀의 시를
읽다보면, 여기저기 '마킹'한 흔적들을 찾을 수 있다.
앞으로 그녀의 시가 그 흔적들에 예민하게 접근하고 또
주의 깊게 쫓아 들어가면, 심연처럼 꺼져 있는 물상의
감옥에서 여태까지 힘겹게 감지하던 존재의 그늘을 찾
을 수 있지 않을까 싶다. '아무도 모르는 지명'에 살고
있다는 그녀의 그늘을 말이다.

4. 검은 옷을 비집고 나온 붉은 꽃무늬 옷

   『붉은 버릇』에는 죽음을 제재로 한 시들이 적지 않
다. 표제시인 「붉은 버릇」을 비롯하여 그 이웃에 있는 「
왜 그랬나요」도 동일 계열에 속하는 시로 분류할 수 있
겠다. 시집을 여는 시 「희생양」은 묘한 죽음의 그림자
를 드리우고 있고, 「이성적인 침대」는 죽음을 눈앞에
둔 병동(815호)의 인상을 담아내고 있으며, 「선풍기를
말린다」의 서두에는 죽은 닭을 처리하는 장면이 기록되

어 있고, 시「화장」은 이중의 의미를 곁들여 화장(터)의 풍경을 이끌어내고 있다.

사실「화장」에서 겨냥하고 있는 것처럼, 죽음은 그 자체로 '화장(火葬)'이며 동시에 '화장(化粧)'이다. 아버지가 화장터에서 화장을 해야 하는 것처럼, 우리는 이 두 단어의 차이를 좀처럼 인식하지 못할 때가 있다. 실제로 정안나의 시「화장」에서 나오는 '화장'이라는 단어를 위의 두 화장의 의미에 따라 별개로 읽어보자. 그러면 이 시가 두 단어 모두를 수용할 수 있도록 설계되었다는 사실을 확인할 수 있을 것이다. 이 시가 단순한 말장난에서 벗어날 수 있다면, 그 이유는 '火葬'이 '化粧'이라는 단순하지 않은 시적 인식에 기인할 것이다.

다시,「붉은 버릇」으로 돌아가자. 우선 주목되는 것은 '붉은 색'의 의미이다. 앞에서 인용된 시「거기 말고 거기도 아닌 곳」에서도 응석을 지적하면서 '벌겋게'라는 수식어를 사용한 바 있다. "거기 말고 거기도 아닌 곳"에서는 붉은 색이 표정의 변화, 즉 끓어오르는 화를 누르는 듯한 인상을 담아내고 있다. 그래서 붉은 색은 아이가 떼를 쓰면서 필사적으로 우는 듯한 영상과 연관되고, 감정을 기울여 어떤 일을 하거나 누르는 듯한 의미를 내포하게 된다.

그렇다면 버릇의 측면에서도 붉은 색은 동일한 의미일까.

떠나는 이는 날마다 반칙 같아
날마다 등은 달리고 먼저 간다

133

뒤따라서 조문 가는 일은

붉은 나는 아니고 싶어 검은 나일 때
삐져나오는 붉은 꽃무늬
예의를 몰라

시락국이 맛있어
이모를 외쳐 한 그릇 더 맛있어
술을 권해 짠 부딪치는 붉은 꽃무늬
예의를 몰라

몰라서 멈출 수 없어
울음을 들고 살금살금 걷는 웃음
어느 순간이다
걸음으로 조의봉투에서 기도에서
나올 만큼 나와 버린 꽃무늬
대략 물들은 불량품
네가 알아보고
내가 나를 망설이는
둘 다 붙잡고 싶다.

속으면서 속이면서 검붉은
방어를 해야 하나 그 자리에 있어야 하나

— 「붉은 버릇」 부분

화자는 장례식장에 있다. '조문', '시락국' 등의 단

어가 어지럽고 복잡한 화자의 마음이 놓인 곳을 알려
준다. 그곳에서 화자는 말 그대로 조문을 한다. 하지
만 조문만 하는 것은 아닌 것 같은데, 그 이유는 '붉은
나'가 아닌 '검은 나'이고 싶다('검은 나'이어야 한다)
는 암시적 시구에서 찾을 수 있다.

　장례식의 색깔은 검은 색이고 웬만하면 검은 색상으
로 그 자리의 분위기를 맞추어야 한다. 하지만 그녀의
내면에는 붉은 색에 대한 갈망도 존재하고, 실제로 붉
은 색 꽃무늬로 어른거리는 도발적인 감정을 표출하고
싶어 하기도 한다. 이 감정은 아무래도 죽은 이에 대한
추모와는 거리를 둔 것으로 보이는데, "예의를 몰라"라
는 구절 속에서 오히려 그 반대 감정일 수 있다고, 시인
은 흘리듯 문면에 깔아둔다.

　장례식장에서는 죽은 이를 추모해서 잔을 부딪치지
않는다. 소리 내어 감정을 드러내는 것도 웬만하면 삼
가야 할 일이다. 하지만 화자는 이러한 실수를 번번이
저지르고 있는데, 그것은 한편으로는 예의를 모른다는
나무람으로 지적되지만 다른 한편으로 보면 근본적인
바람에서 나온 행위일 수도 있다. 마치 '미필적 고의'처
럼 다가오는 감정일 수 있다는 것이다. 그래서 화자는
한편으로는 울음을 가장하면서, 다른 한편으로는 웃음
을 들고 걷는다고 표현할 수 있었던 것 같다.

　이 비밀스러운 분위기는 무엇일까. 검은 옷을 비집고
나온 붉은 꽃무늬 옷처럼, 죽음과 어둠과 울음을 비집
고 나오는 욕망과 웃음의 정체는 과연 무엇이어야 하
는가. 그러한 측면에서 검은 색과 대조를 이루는 붉은

색은 이러한 욕망과 웃음의 정체를 대변하는 색깔이어야 한다. 감정이 극대화되면서 드러나는 마음의 다른 편이고, 존재의 그늘진 곳에 숨겨진 또 하나의 나일 것이다.

그때 화자인 '나'는 환상처럼, 그리고 욕망처럼 다른 '너'를 만난다. '나'의 마음이 실은 불량품처럼 간사한 것이라는 사실을 '너'는 알아본다. '네'가 알아보고 그 마음을 잡을까 말까 고민한다는 것을 이제 '나' 역시 알고 있다. 두 사람은 그렇게 '망설'이면서 시간의 간격을 조정하고 있는 셈인데, "속으면서 속이면서" 검게 방어하고 붉게 욕망하는 거리를 유지하는 것이다. 화장처럼 화장하면서 화장당하기도 한다는 뜻일 게다.

화자는 시의 끝에서 문득 생각난다는 듯이 외친다. "내가 무엇을 하고 있지?" "내가 무엇을 하고 있기는 한 거지?"

시는 그 자체로는 어떠한 것도 할 수 없다. 일도, 성과도, 능률도 아니며, 밥도, 옷도, 음식도 될 수 없다. 하지만 삶의 다른 차원에서 삶을 뒤흔들 수 있는 힘을 감지해낸다. 어떤 곳에서 밀려오는 낯선 이미지를 알아채고, 어떻게 해서든 그 이미지를 가두어 그 안에서 자신을 발견하려는 순간, 좀처럼 꿈꾸기 어려운 삶의 균열과 의식의 지각 변동을 경험하게 한다. 비록 잠시 동안의 뇌까림일지라도, 우리가 어디에 있고, 또 무엇을 해야 하는지에 대해 자극을 주고 생각하도록 만든다. 이것이 시의 힘이 아닐까. 정안나의 시는 이러한 힘을

136

상기하도록 만드는 '다른 힘'을 가지고 있다.

5. 사족 : 의외로 도발적인

정안나의 시는 의외로 도발적이다. 시의 운명 자체가 일상어에 대한 도발이겠지만, 정안나의 시는 언뜻 보면 단정하고 얌전한 외양 너머에 좀처럼 거느리기 힘든 불순함을 담고 있다는 점에서 주목된다. 평소에는 가라앉아 있던 그러한 감정이 낯선 사물 혹은 어긋난 소리가 풍기는 충격에 깨어나고 그 충격은 물결처럼 감정의 파문을 끌며 끈질기게 이어져나간다. 정안나의 시를 읽는다는 것은 그 과정을 즐기는 행위이다. 파문처럼 번져가며, 마음의 다른 편이 유혹의 빛깔로 물드는 경험을 할 수 있다면, 그녀의 시가 가고자 했던 곳을 어렴풋하게나마 알 수 있을 것이다. 그곳이 의외로 가까운 자리였다는 아이러니한 결론과 함께 말이다.